Markus Daumüller

Jonas, der Träumer

Bibliographische Information der Deutschen Nationalbibliothek. Die Deutsche Nationalbibliothek verzeichnet diese Publikation in der Deutschen Nationalbibliografie. Detaillierte bibliografische Daten sind im Internet über dnb.dnb.de abrufbar.

Books on Demand GmbH

©2022 Markus Daumüller

Herstellung und Verlag:

BoD-Books on Demand, Norderstedt

ISBN 9783755794455

Jonas, der Träumer

Jonas war eine schmale Erscheinung. Seine Frisur verdeckte sein frivoles Gesicht wie ein Vorhang, seine sinnigen Augen blickten scheinbar ins Leere, wenn er sich Bilder einer anderen Zeit ausmalte. Jonas war ein Träumer, der Existenzen herbeisehnte, in denen er ein Leben führt, das abwechselnd von Freiheit, Selbständigkeit, Glück, Persönlichkeit geprägt wird. In der neunten Klasse stand die Verwandlung seiner Körperpartien in Muskelpakete an. Jeden Tag ging er in das Fitnessstudio über der Brücke und trainierte sich ein Ideal seiner Erscheinung herbei. Warum diesem Ideal alle Jungs nacheiferten, kann nur eine Modeerscheinung oder eine Illusion gewesen sein. Denn die Mädchen hielten sich mit solchen Äußerlichkeiten nicht auf und blickten durch sie hindurch in eine hoffentlich nicht so einfältige Seele. Aber Jonas war diesem Bild von Körperlichkeit verfallen, das eine Mischung aus Werbeposter und Karikatur darstellte. Denn Muskelpakete passten ganz und gar nicht zur Ästhetik des jugendlichen Körpers. In den Augen der Trainingseifrigen war es ein Prestigeprojekt, das das Ich-Bewusstsein beflügelte und ihnen eine gefühlte Aura der Überlegenheit suggerierte. Eine Aura der Unnahbarkeit, des Geheimnisvollen blieb davon unerreicht. Der menschliche Körper ist das ganze Kapital, das man hat, wenn man jung ist und noch kein Auto fährt. Vielleicht Klamotten, aber diese Ära ist seit der Zeit der Jogginghosen vorbei. Wie Jogginghosen und Muskelpakete zu einer ästhetischen Einheit verschmelzen sollen, war das ewige Rätsel der Kapitalanleger. Vielleicht ging es einfach darum, sich selbst als Gesamtkunstwerk zu empfinden, als der Mittelpunkt des Universums. Jemand anderes zu werden als der, der man war, eine Kunstfigur. Wenn der Charakter sich ausprobiert, braucht es Anker, sichtbare Resultate. Es braucht keine Persiflage von Reichtum, der nicht da ist und jeder erkennt den Schwindel. Also weicht man aus auf eine Persiflage von Ruhm. Muskeln machen VIP, so die Erzählung, die das Vorhaben transportiert. Wenn die Hanteln schwerer und die Geräte leichter beherrschbar wurden, und wenn all die Zwanzigjährigen nebendran ihre Körper stählten, gab es Jonas das Gefühl, voran gekommen zu sein. Pikanterweise brachte die Modewelle des massenweisen Trainings ein Selbstverständnis von Individualität in ihm hervor. Wenn er das Studio verließ, war es jedes Mal wie eine Geburt. Und dieses Sensorium nahm er am Morgen mit ins Klassenzimmer. Es war Ablenkung von der Melancholie des Daseins, von der Sehnsucht nach einem Sinn im Leben. Wenn die

Muskeln wuchsen, vergaß man, darüber nachzu-
denken. Wachstum und Sinn waren dann eins,
das Manifest des Erwachsenwerdens. Jonas war
einer dieser in sich gekehrten Jugendlichen. Die
Welt um ihn herum kam ihm vor wie ein ewiger
Traum, in dem er gefangen war. Es war diese
Hilflosigkeit, die nach einer Symbiose von Mi-
chelin und HB Männchen schrie. Eine Utopie, es
mit dem Erdkreis aufnehmen zu können, der das
Diesseits sein soll, aber für Jonas immer eine
surreale Unbekannte blieb. Ein Muskelaufbau-
training war gewissermaßen Flucht vor einer
Wahrheit, die niemandem nützt. Vor der Ohnmacht, zu der das Leben die Menschen ver-
dammt. Vor den Prüfungen, die wie sadistische
Hürden jedem Einzelnen abverlangen, sein Leben zu meistern. Vor der ständigen Not zu überleben. Vor den Wirrnissen des Alltags, den Intri-
gen der Milieus, den Rollenzwängen, vor dem,

was die Systeme als Leistungserbringung zurecht lügen. Es war ja nicht einfach, ein Musterknabe zu sein. So hatte das Muskelspiel einen Hauch vom bösen Buben, ein Stück weit sprengte es die Ketten der Konvention, weil die mit der Transformation nicht rechneten. Nicht zuletzt verwies die auf Änderungen des Seelenlebens, das unter ihren Ösen hindurch schlüpfte. Gewissermaßen war es kein oberflächliches Gebaren, sondern ein Schöpfungsakt, in dem die Enge des Kindseins durchbrochen wird. Wie Doktorspielchen auf der Entdeckungsreise danach, was sich hinter der Welt verbirgt, also die wirklichen Entitäten, die durch die Vorhänge hindurch schimmern. Für Jonas war das alles nur ein dubioses Gefühl, magisch und skinny. Ein Auftritt als immer neu verkleideter Mime. Die Metamorphose als Lebensgefühl. Das innere Ich als Opus.

Einmal, in seinem Traum, stand er im Freibad vor Sophie und zerschmolz bei ihrem Lächeln. Sie küssten sich unter den Palmen des Kiosks und er spürte intensiv ihre Sinnlichkeit. Seine Muskelberge waren wie ein Panzer, den Sophie knackte. Sie verliehen ihm Sicherheit und waren Spielwiese seiner Lust. Und sie minimierten seine Verletzlichkeit, während sich sein Zölibat auflöste. Der Traum, jemand zu sein, der er nicht war, machte aus seinem Hantelheben eine inszenierte Identität, die nur in seiner Vorstellung existierte, sich aber anderen durch Gestik und Mimik mitteilte, als wenn eine andere Person sich entfaltete: Eine Kunstfigur, voller Sexappeal, die ihre Umwelt im Griff hat. Ob diese Persönlichkeit ein Spiel oder eine fiktive Realität war, blieb selbst Jonas verborgen. Er wusste nicht, wer er wirklich war. Er dachte, dass die Gewichte ihm irgendwann eine Antwort darauf erschaffen würden. Doch sie verschleierten seine Verbindung zur Welt nur noch mehr, sodass am Ende überall Nebel seine Seele bedeckte.

Jonas war aber weit davon entfernt, einem Drehbuch aufzusitzen, das seine Träume ihm offenbarten. Es war eben nur seine Sehnsucht, die ihn einem imaginierten Persönlichkeitsbild folgen ließ, nach Aufmerksamkeit, Beachtung, Begehrtwerden, aber auch nach innerem Mitsicheinssein. Das Piano seiner Wunschbilder umfasste mindestens eine Oktave, doch der Wankelmut und die Sprunghaftigkeit seines Gemüts erweiterte es zu einer ausufernden Partitur der Möglichkeiten jugendlicher Zukunftsbilder. Mal wurde er darin zum Held, mal zum Helfer, und immer war es die Attitüde, die das Rollenimage prägte. Das war eine Notwendigkeit, weil Jonas eigentlich ein Hanswurst war, eine traurige Gestalt. Manchmal lag er in seinem Bett und ging im Geiste Individualitäten durch, wer er sein könnte in der Ferne. Seine Eltern waren Ärzte und Anwälte, Berufe eigentlich, die man mit einer eigenen Agenda prägt. Doch auf eine seltsame Art wirkten sie gelangweilt, unzufrieden mit ihrem eintönigen Leben und gefangen in der Belanglosigkeit der immer gleichen Diagnosen und Plädoyers. Sie übten studierte Tätigkeiten aus und es war das seriöse Gegenteil zum Influencer oder Youtuber. Ihre Aufgaben aber wurden Routinen, von denen man nichts mehr erwarten konnte außer einem geschmeidigeren Automatismus. Das immer Gleiche machte ihr Dasein eintönig, eine Geschäftigkeit, die jedes Mal dasselbe Ziel verfolgte: Heilung oder Freispruch. Sie waren Schausteller ihres Gewissens. Altruismus stand auf ihren Fahnen, aber Dollarzeichen verzierten ihr Wohlstandsdasein. Alles hatte seine Ordnung. Kein Knistern, kein Abenteuer, kein Ausbruch aus dem goldenen Käfig. So wollte er nicht werden. Das kam ihm vor wie der jährlich wiederkehrende Geburtstag eines Toten, kurze Andacht, kurzes Augenmerk, dann wieder triste Ewigkeit. Kein Leben hat die Aufmerksamkeit, sondern ein Zustand. Freundliche Trostlosigkeit markiert seinen Teint. Es war etwas völlig anderes als die VIP, die sich Jonas Mitschüler erträumten einmal zu sein. Die Ernüchterung überdeckte seinen Blick für den üppigen Lebensstandard. Der war es nicht, wonach er suchte. Er wollte keine Filmfigur sein, sondern ein Comicheld, die Projektionsfläche einer erträumten Magie. Der Held eines jenseitigen Experiments, einer Robinsonade. Jedenfalls war die schöne Aussicht sein Lebenselixier. Hanswurst oder Magier, es entschied sich an seiner gedanklichen Füllung der Glaskugel, in der der Wetterfrosch einen Schubs auf seiner Leiter brauchte, den er im Fitnessstudio bekam. Es war ihm unbegreiflich, wie seine Eltern ein Leben führen konnten, das befreit war von Utopien, von Schönheit, Zauber. Das kam ihm vor wie eine algebraische Regel, alles war Berechnung, nichts war lebendige Spontanität oder Durst nach einem Traum. Dieses Verlangen nach dem Anderssein war natürlich pubertäres Umherkreisen. Ein Ankommen war gar nicht vorgesehen, man musste ja Optionen offen halten für die imaginierte Identität. Solange Fantasiefiguren als eigene Möglichkeit gedeutet werden konnten, war das Jetzt erträglich. Wenn Jonas an normalen Tagen mit dem Rennrad über die Feldwege ins Nachbardorf fuhr, kam es ihm vor, als bewege er sich in diese Traumwelt hinein und er fühlte sich unverwundbar. Kein Hashtag lenkte ihn in erwünschte Bahnen, und keine Wirklichkeiten zerstörten seine mentalen Abenteuer. Bewegung und Zukunft verschmolzen zu einer fiktiven Realität.

Die Jahre zogen ins Land, als würde die Zeit seinen Prospektionen hinterher laufen. Als Jonas 18 war, kamen die Freunde reicher Eltern mit ihren geschenkten Cabrios zur Schule. Das Auto war der Mantel ihres Charakters, das Manifest ihrer Oberflächlichkeit. Woraus sie Stärke und Selbstbewusstsein gewannen, war die Wirkung ihrer Hülle, die bei den Claqueuren Bilder von Geltung und Erfolg erzeugten. Und obwohl allen klar war, dass sie eine Show und keine Schauspielkunst bejubelten, brannten sich Wünsche in ihrem Bewusstsein fest. Es war ja nicht nur Angeberei, so einen Wagen zu fahren, sondern ein Gefühl von Freiheit, von Möglichkeiten der Improvisation, dem Lustprinzip im Leben zu folgen und der Überwachung zu entkommen. Heute Abend in die Stadt? Kein Problem, ich hole Dich ab. Ein Auto barg Tonnen von Eisen und Blech und Elektronik, aber seinem jugendlichen Besitzer ermöglichte es selbstbestimmte Entscheidungen und Unabhängigkeit, und einen Ort der sexuellen Abenteuer. Ob diese Waage Verhältnismäßigkeit anzeigte, war unwichtig. Gewissermaßen war das Gefährt ein Vehikel der Alltagsenergie, das Träume vom ausufernden Unterwegssein Wirklichkeit werden ließ. So geriet es zum Eingangstor einer eigenständigen Lebensführung. Das war seltsam, wie die Schale des Persönlichkeitsprofils tatsächlich die Eigentümlichkeit einer Existenz befeuerte. Manchmal ersehnte sich Jonas nur ein Auto, egal ob Schrottkarre oder rollendes Modeaccessoire. Es waren ja nicht die Werte wichtig, die die Show suggerierte, sondern die des Lebens, Erfahrungen durch Mobilität, Flucht ins Anonyme eines anderen Milieus, überall und nirgendwo sein zu können. Das Nichtgekanntwerden wurde in diesem Alter manchmal ein essentielleres Bedürfnis als das Vonallengesehenwerden. Auch das Übernachten auf dem Feld nach exzessiven Abenden ermöglichte eine Schrottkarre. Natürlich fand Jonas es ganz nett, würde er auch so ein Cabrio besitzen. Er würde in die Ledersitze versinken, als wären sie zwei Nummern zu groß. Das Schwere-Wagen-Gefühl und seine Schmächtigkeit wären ein paradoxer Antagonismus. Er würde mit Sportlichkeit assoziiert, obwohl er im Lacoste Hemd an die Tankstelle führe und Zigaretten holte. Er wäre eine Inkarnation von Sauberkeit und Liederlichkeit in einem. Diese Verderbtheit verliehe ihm den Sexappeal, den seine neuen Muskeln schon andeuteten. Er würde eins mit dem Castle, der Burg aus Stahl, die Geborgenheit vortäuschte, als wäre man gestählt. Dass das Ding auch fahren kann, war dabei sekundär.

Es ging um die Formung des Ich-Bewusstseins, das Gefühl einer Lebensphase der Variation und Umgestaltung. Er wäre wie ein Anführer, wenn er seine Freunde chauffierte. Eloquenz wäre die Aura, die ihn umwehte, wenn er aus- oder einsteigt. Es wäre eine Reise zum Mittelpunkt der Welt. Nicht Bonny und Clyde, dieses versiffte Paar auf der Flucht, sondern Schönheit und Ästhetik. Flucht wäre ok, aus dem engen Radius der Kindheit, aus der elterlichen Bestimmung über sein Leben, aus den Irrtümern der Muskelfetische. Aber eine Flucht mit Würde, ein Hintersichlassen, kein Davonfahren. Es wäre das Eintauchen in eine Welt der Sinne, die mit seiner herbeigesehnten Identität verschmelzen würde und ein Wohlgefühl erschüfe. Ihm würde es gut gehen, und das Benzin gäbe es gegen die Karte von Papas Kanzlei. Das wäre er ihm wert, das wäre die Entschädigung für das

Kleingehaltenwordensein all die Jahre. Der Wagen wäre eine Erfahrungswaschmaschine seiner Jugend. All der Schmutz bliebe draußen, das Mobbing, die Querelen, der Leistungsdruck. Der goldene Käfig. In den Ledersitzen würde eine neue Welt beginnen, seine Entstehung, die Ankunft einer neuen Existenz. Stattdessen stand das Abitur vor der Tür, und die Verzückung seiner inneren Bilder wich einer ernüchternden Realität. Punkte sammeln war auch Gasgeben, aber in mühsamer Kleinarbeit. Fast war es ein Eintauschen der Bühne gegen den Kleingeist. Die Sehnsucht verpuffte und die spießige Knauserigkeit seiner Eltern katapultierte ihn zurück in eine angespannte Trostlosigkeit.

Jonas malte sich aus, wie es sein würde, durch seine eigene Anstrengung ein gutes Auto kaufen zu können. Es wäre eine Frucht seiner Anstrengungsbereitschaft und kein Bonbon für einen armseligen Bittsteller. Bezahlt mit Schweiß und Ausdauer, nicht mit dem Zücken einer Scheckkarte, quasi nebenbei. Es wäre etwas, worauf er wirklich stolz sein könnte. Oder wäre es nur die Versilberung seiner hartnäckig quälenden Minderwertigkeitsgefühle? Eine offensichtliche Kompensation, die nicht für Leistung, sondern für seine Hemmungen und Unsicherheiten stand? Der Ausdruck des Gedankens, alles falsch gemacht zu haben und dem freien Fall seiner Emotionen einen Fallschirm entgegenhalten zu müssen? Nun, es wäre auch das Gefühl, es geschafft zu haben, angekommen zu sein. Doch seit die bärtigen arabischen jungen Männer alle ihre hunderttausend Euro teuren Autos in der Innenstadt spazieren fuhren, war die teure Hülle zur Karikatur von Aufgeblasenen verkommen, eher eine Persiflage denn ein Ausdruck seiner Aufwendungen. Er dachte an den Direktor seiner

Schule, der am meisten verdiente, aber den schä-
bigsten Wagen von allen fuhr. An die Nachbarn
seiner Eltern, die sehr reich waren und einen 15
Jahre alten Mercedes ihr Eigentum nannten. Teure Autos hatten heute weder charakterliche noch
biographische Konnotationen, und auch die sozialen waren entfallen. Der Hausmeister fuhr Por-
sche, und der Abteilungsleiter Golf. Die Welt
war auf den Kopf gedreht worden. Oder war es
die Errungenschaft einer libertären Gesellschaft,
dass der Wohlstand für alle sich im SUV fahren-
den Schichtarbeiter zeigte? Das verwirrte die
Klarheit seiner Lebensbilder. Alles war relativ
geworden, sodass seine biographischen Träume
zu einer Ongoing Activity verkommen waren, zu
einer ewigen Gestaltungsaufgabe ohne soziale
und ethische Anker. Sich eine verheißungsvolle
Zukunft auszumalen, war, wie einen Pudding an
die Wand zu nageln. Alle Werte waren relativ

oder konnten als ihr Gegenteil aufgefasst werden. Es war fast unmöglich geworden, Lebensentwürfe an gültigen Maßstäben zu orientieren. Das einst Erstrebenswerte konnte zu einem Spottbild verzerrt worden sein, und die Ziele waren keine Ufer mehr von Verdiensten oder Leistungsfähigkeit. So geriet er in die absurde Situation, dass sich an dem Traum vom eigenen Blech die Frage entzündete, worum es im Leben wirklich geht? Um Besitz? Um Image? Um Liebe? Um Vergnügen? Pikanterweise starb Jonas Traum vom erfüllten Leben scheibchenweise mit den imaginierten Plänen. Sie waren eine Festlegung, obwohl sie heute gar nicht mehr möglich waren, sozusagen ein Schloss, das auf Sand gebaut war. Jonas dachte an Senecas *De brevitate vitae*, das sie im Philosophiekurs lasen. Die Kürze des Lebens erscheint einem in jungen Jahren als Märchen, aber in ihr liegt die wertneutrale

Erkenntnis, dass Befriedigung und Genuss Selbstzweck des Glücks sind und alle Standards gelungener Lebensläufe nur die Sprache eines Anstandsprotokolls sein konnten. Leben waren sie nicht, sondern Planungen, die außengeleiteten Zwecken folgten. Erschöpft ließ er sich in seinen Sessel fallen und ersehnte sich die Zukunft als magische Zeit seines Seelenwohls. Um sie zu erreichen, benötigte er noch einen Fluchtwagen.

Manchmal hatte er das Bedürfnis, er müsse diese unausgesprochenen Spiele perturbieren und sich nur, um die Lächerlichkeit der Geschichten zu karikieren, einen 300 PS Wagen holen. Gewissermaßen würde der Rennwagen das sein, was ein 20 Jahre altes Auto, das 14 Liter verbrauchte, in Zeiten der Elektromobilität war: Keine Ignoranz, sondern ein Statement, von Stil, Eleganz, ewiger Haltbarkeit, vom Glück aus einer anderen Zeit. Von der Seele einer Lebensweise, die sich dem moralisierenden Mainstream-Hype entzieht und Unabhängigkeit als Freiheit deutet. Dieses Verhalten konnte man missverstehen als das eines Rebellen. Aber es war nicht verboten anders zu sein, also ist Rebell eine unzutreffende Metapher. Eigentümlichkeit traf es besser. Es gab keine Gesetze, die das verbieten würden. Das wäre absurd in einer Zeit der Diversität. Jonas nahm sein Erspartes und kaufte sich einen alten Polo. Dieses Auto strahlte Neutralität aus. Sein Besitzer konnte ein KfZ Azubi sein, der als erstes den Sportauspuff anschraubt, oder der junge Bankkaufmann, der damit zur Arbeit fährt. Ein Zweckmobil, sonst nichts. Für Jonas war es aber das Gefühl, Besitz zu haben, also ein Mitglied dieser Gesellschaft zu sein, das seine eigenen Entscheidungen trifft. Sein Batmobil erweiterte seinen Erlebnishorizont, es fuhr auf der Spur seines Werdegangs. Darin bestand die Stütze für sein Temperament, und nicht im Aufstellen einer angemalten Fassade. Reifung statt Image. Ob das noch ein Traum, eine Vision sein konnte, diese Frage bohrte sich in seinen Kopf. Er war ja nicht wirklich darauf aus, sich mit einem Auto ein Fake-Image überzustülpen. Dafür war er zu klug, um sich dabei nicht albern vorzukommen. Es wäre sozusagen eher das Persiflieren dieser Attitüde; es zu tun, gerade weil man weiß, wie erbärmlich das Ansinnen ist. Ein Sichlustigmachen über diese dürftige Beschränktheit der Strategie, und im selben Moment das Hoffen, dass sie bei sich selbst erfolgreich ist. Das war aber Fiktion. Elementarer als das Vortäuschen von Errungenschaften war die Studienwahl, bei der die Gedanken schon wieder in einem Teufelstanz um Image, Geld, Erfolg und Charakterbildern hin- und hergerissen wurden. Diese ständige Zukunftsmusik war sehr ermüdend. Es war ein

Meer von Optionen, in dem er schwamm, und ihre Farben spiegelten sich an der endlosen Wasseroberfläche, als wären sie Märchenerzählungen. Wer will ich sein? Was zählt im Leben wirklich? Die immer gleichen Fragen, die sich jeder irgendwann stellt, verwandelten sich in ohrenbetäubende Schreie. Es war eine Angst, die Organisation der eigenen Existenz zu bewältigen, in keine Fallen zu tappen, nicht zu versagen. Die Vergleiche mit Kameraden und Gefährten waren ewige Begleiter seiner Psyche. Natürlich waren die Voraussetzungen bei allen verschieden, und das Spiel war ein falscher Spiegel des eigenen Marktwertes. Doch die soziale Bonität hing am Glauben an die Spielregeln, und das Leben selbst war der Gerichtshof. Also was sollte man tun? Man konnte sich ja nicht in ein Taxi setzen, sondern musste einen Marathon laufen, selbst dann, wenn man schnell aus der Puste kam. Das diffuse

Manöver bei der Bildung einer Biografie hatte nichts mit Konkurrenz zu tun, mit dem Ausstechen anderer Player. Sondern er suchte nach der wahrhaftigen Essenz der Meilensteine seines Werdegangs. Definiert hatte man sich aber immer nur über die Unterscheidung von anderen. Die kifften, tranken Bier und konsumierten Drogen. Aber Jonas war ein anständiger Junge. Er traf sich in der Kneipe zu Brettspielen und trank Milchkaffee. Wer bestimmte, was Anstand ist? Dies Diem Docet, ein Tag lehrte den anderen, es war eine innere Logik, auf die es ankam, und keine von außen gesetzten Maßstäbe. Doch was am Ende eine Logik ergab, konnte man bei der Entstehung nicht wissen. Das war das Dilemma mit der Wahrhaftigkeit, und wahrscheinlich tranken die meisten Bier und rauchten Gras, um es ertragen zu können, dass sie Marionetten einer Tragikomödie geworden waren, deren Drehbuch sich ihnen als Schicksal offenbarte. Diese heftige Kollision mit vielen Lebensutopien war ein so starker Aufprall, dass es Menschen aus der Bahn warf, weil ihr Ticket für das gelungene Dasein abgelaufen war. Aber Jonas' Ticket war noch gültig, ein Auftrag, Höchstleistung zu zeigen, Schwimmen im Meer, das Ufer kennen immer nur Andere oder die Fügung. Wenn es Destination auch außerhalb geschenkter Cabrios und Deals um Jura-Studien gab, weshalb sollte man dann seine Kraft in die Schöpfung einer gelungenen Biographie stecken?

Das war alles so anstrengend. Er suchte mental nach einer Welt, die seinen inneren Zerwürfnissen Ruhe gönnt. Manchmal war ihm danach, kiffend den Sonnenuntergang zu betrachten und auf einer einsamen Alm den Kühen zu lauschen. Er war ein sentimentaler Flüchtling, der dem Wahnsinn der Normalität entkommen wollte, dem

Druck, Etappen zu meistern und der unglaubli-
chen Komplexität, ein Mitglied dieser Gesellschaft und ihrer Schichten zu werden. Er sehnte
sich nach Unverbindlichkeit, nach Erholung seiner Nerven, nach einer Existenz ohne andauern-
des Adrenalin. Die ganzen anstrengenden Sozial-
experimente erweckten in ihm ab und zu den
Wunsch, ewigen Frieden zu haben und nicht das
Gezänk des Alltags. Andererseits gab es so viel
Anregendes, schöne Mädchen, Literatur, mögli-
che Rollen in der Zukunft. Es waren oft Zumu-
tungen, die von den Erwartungen der Beobachter
ausgingen, aber die eigene Fiktion malte das Leben als ein verheißungsvolles Orchester wohl-
klingender Töne. Deshalb stand er aus dem Fern-
sehsessel auf und las Informationen über Studi-
engänge. Seine Eltern wollten, dass er Medizin
studiert, aber dafür reichte seine Abinote nicht,
warum auch immer man für das Handwerk ein

Genie sein musste? Sein Hang zur Dystopie brannte ein Profil besonders stark in seine Aufmerksamkeit: Sozialpädagogik. Das ersetzte die Dollarzeichen in den Augen seiner Eltern durch eine Mimik des Ekels. Gestrandeten Figuren und durchgeknallten Jugendlichen zu helfen, rief nicht nach einer Nominierung für den Nobelpreis. Sie empfanden es als selbstgewähltes Gefängnis, im Schmutz der Bevölkerung zu wühlen. Er sah darin etwas ganz anderes, das Erschaffen von Licht am Ende eines Tunnels, das Herstellen von Lebensperspektiven, eine Architektur von Glück. Oder von Hilfe vor dem Ertrinken. Es war keine Arbeit, die den Jaguar unterhält. Sondern gewissermaßen: Aus Stroh Gold spinnen, Lebensreichtum erwecken, ein Wunder der Entfaltung individueller Potentiale. Die Aufgabe war das Gegenteil von bürgerlichen Idealen. Für Jonas war sie wie ein Klavierstück, an dem der

Komponist feilte und dessen kultureller Aspekt die Haltungen der Klienten zu ihrem Leben waren. Er wäre praktisch ein Kulturarbeiter, jemand, der die Welt ein bisschen besser macht. Das gefiel ihm: Werte wie Menschlichkeit herzustellen statt nach Reputation zu lechzen. Erfolg war, wenn Andere wieder auf die Beine kamen, nicht die Höhe eines Honorars. Dass er Drogenjunkies sterben sieht und der Verzweiflung von Ausreißern hilflos gegenüber steht, lag außerhalb seines Vorstellungsvermögens. Denn solche Erfahrungen waren nur Ausfluss der Schubladen, die die Kleinbürger mit dem Job assoziierten. In Wahrheit aber war es eine Art ADAC für Lebensschicksale, also ein unbezahlbares Unterfangen, jedes Mal wie ein Coup, edel sein in der verruchten Welt. Die Währung war nicht Geld, sondern Dankbarkeit, so konnte man glauben.

Seine Praktika lehrten ihn ein anderes Denken. Die Helden für jede Art von Alltagsgruben verbargen ihre Übersättigung oder Hilflosigkeit mit Zynismus. Von wertgeleiteter Ambition spürte Jonas selten etwas, die Herausforderungen des Elends waren zu oft Überforderungen auch der Helfer geworden. Es war wie Treiben in der braunen Brühe, und nicht wie Austauschen durch sauberes Wasser. Er sah ein gelebtes Klischee von abgefuckten Sofas und ungewaschenen Kaffeetassen. Das war kein Abbild seines Ideals, sondern ein Zerrbild von Sozialarbeit, ein Erstarren in erfolgloser, immer gleicher Routine. Er sah Methadon-Programme, in denen die Teilnehmer eine Rückkehr in die wahre Sucht herbei sehnten und aggressive Heimkinder, die mit Medikamenten beruhigt wurden. Es waren sinnlose Procedere, die irgendetwas am Laufen hielten oder einem Konzept genügten, aber sie veränder-

ten nicht das Tor zur Welt für die „Missetäter".
Doch im Prinzip war das wie die reduzierte Definition von Gesundheit in der Krankenhausme-
dizin, die auf Werte und Parameter schaute und
daraus das Wohl des Patienten ableitete. Er wäre
kein Zauberer, sondern ein Schichtarbeiter, was
zu tun wäre, würde er tun. Betriebsblindes Funktionieren war eigentlich nicht das berufliche Ziel
des Kulturschaffenden, sondern, vertrocknete
Seelen zum Aufblühen zu bringen. Aber überall
war nur die Depression der Wirklichkeit, die die
meisten Funktionsträger kapitulieren ließ vor den
realen Problemen und Komplikationen. In seinen
Vorstellungen war er ein Schamane, ein Robin
Hood, ein Heiler. Jonas verkannte, dass die Realität immer schneller war als die Schatten der
Akteure dieser Welt. Viele wollten sich gar nicht
helfen lassen, und als Fee wäre er eine lächerli-
che Erscheinung. Das Leben wäre ein ständiger

Gegner. Ob diese obskure Melancholie die Geschmacklosigkeit des Schicksals erspüren ließe? Ob der vermeintliche Altruismus der Figuren, mit denen er sich identifizierte, nicht in Wirklichkeit Naivität war? Die Einfältigkeit einer verklärten Romantik? Schon wieder verkannte er eine Rolle oder konnte sie nicht deuten, weil die Facetten seiner Vorstellung und die der Wirklichkeit auseinander gingen. Doch das bedeutete keineswegs, dass Jonas weltfremd war. Ursprünglich war Sozialarbeit ja an einem Wertideal ausgerichtet, sonst wäre sie ja nutzlos. Und wenn man die Wahrheit hinter der Vorderansicht erkennt, dann ist man kein von Schwärmerei zerfressener Spinner, sondern man sucht nach dem Kern, dem Sinn der Tätigkeit, und dafür eignen sich bisweilen schillernde Literaturfiguren hervorragend. So hatte er ein Archetyp-Gefühl, er folgte einem Leitbild seines Tuns. Das war doch nicht unbedarft oder leichtgläubig, es war ethisch beachtenswert. Niemals zuvor war er so im Reinen mit seinem Vorhaben, ein Leben für den Dschungel der Straße zu führen. Nicht beobachten, nicht Nase rümpfend urteilen. Held oder Ameise, das kam auf den Blickwinkel an.

Während seines Studiums entwickelte Jonas eine Fantasie des Kümmerns, die es in der Nacktheit der alltäglichen Abgründe nicht geben konnte. Dort ging es nicht um Helfen, sondern um Überleben. Die Tragik der Straße und das penetrante Desinteresse der eigenen Klientel verwandelten die Ambitionen vieler Helfer in reine Pflichterfüllung, ohne eine Beziehung zu dem Schicksal, ohne ein engagiertes Ziel, ohne jedes Brennen, kleine Wunder zu schaffen. Die leere Pflichterfüllung machte aus ihnen Statisten auf der Lebenskurve der Gefallenen, die nichts als Hüllen der Barmherzigkeit blieben. In Wahrheit waren sie herzlos geworden, wie Tiger, die nicht raus konnten aus dem Käfig und den Dompteur hassten. So wurden sie zu Repräsentanten eines Systems, statt einer eigenen Agenda zu folgen. Erschrocken war Jonas, weil er in ihnen Gespenster des Sozialstaats sah, und weil er kein Gespenst werden wollte, aber nicht wusste, wie er es verhindern könnte. Besonders in diesen sozialen Berufen brauchte man eine gehörige Rollendistanz, um professionell sein zu können, doch der Idealismus der Jugend legte Feuer an diese erforderliche Souveränität. Ihm war klar geworden, dass abkühlende Desillusionierung ein Abonnement des Streetworkers war und dass man den Geruch der Jauchegruben des Lebens nicht einfach abstreifen konnte, also eine erfolgreiche Arbeit unerreichbar schien. Der Retter wurde unweigerlich zu einem Clochard des Systems und geriet damit zum Ebenbild, zu einer Analogie seiner Schützlinge. Fast schien das wie bei Hundebesitzern, die mit der Zeit ihren Vierbeinern ähnlicher wurden. Jedoch war das eine Frage der Charakterstärke. Integrität, Abgeklärtheit und Besonnenheit konnten Symbiosen und andere Verstrickungen abwenden, aber niemals verunmöglichen. Es wäre also ein bisschen wie die Kuh auf dem Eis, man hatte niemals etwas in trockenen Tüchern, sondern musste sich vor Beeinflussungen von überall her retten, während das Durchziehen der eigenen Agenda Beschäftigung genug war. Dieses unendliche Adrenalin bei permanenten Niederlagen war eine aufreibende Beanspruchung, anders als ein lauschiger Bürojob von neun bis fünf.

Jonas war beeindruckt von diesem Abenteuer Parcours. Seine Zuneigungen zu den Gefahren des Schicksals entsprangen einem intensiven Wunschtraum, das Leben zu spüren und keine künstlichen Metaphern, die es nur simulierten, als Posten, Bilanzen, Besitz oder Beliebtheit. Ein größeres Problem stellten die Studieninhalte dar. Statistiken und Kostentabellen wechselten ab mit rezeptartigen Betreuungsmodellen für bestimmte Fälle. Jonas vermisste das Diskutieren über Menschenbilder oder pädagogische Haltungen, darüber, wie man professionell mit Empathie umgeht. Es war wie der Unterschied zwischen Methodik und Didaktik bei Lehrern. Letztere war eine Philosophie des Lernens, also der Kern, um was es dabei geht. Die Methode war nur die Hure der Didaktik, ein Vehikel des Wissenstransfers. Man brauchte sie nicht, wenn die Sprache des Fachs zum Leuchten gebracht wurde. Denn sie war eine Technik, sonst nichts. Er wollte kein Handwerk lernen, sondern Problemlösungsfähigkeit erwerben. Sonst hätte er ja auch irgendein abgestumpfter Azubi sein können. Seine Interessen an Menschenbildern und individuellen Fällen fanden keinen Widerhall. Vorgefunden hat er Technokratie, und die meisten seiner Kommilitonen waren damit sehr zufrieden, denn sie hatten das Gefühl, praktische Anwendungsbezüge vorgeführt zu bekommen, die sie Machbarkeit lehrten. Doch die war gewissermaßen ebenso illusorisch wie sein Hang zum Philosophischen. Jonas war ein Träumer, der die Unordnung der Realität verstehen wollte, statt die Zuordnungen einer bestimmten Medizin zu pauken. Er hatte so ein komisches Gefühl, dass dieses Studium an der Realität vorbei ging und professionelles Handeln falsch definierte. In gewissem Sinn war das dekadent, er hätte ja auch Philosophie studieren können. Die Umstände der Straße brauchten eben Klarheit, und keine Weisheit. Andererseits sind ja Methadon-Programme sinnlos, wenn man die Sucht des Probanden gar nicht verstand. Er lernte

die Rezepte auswendig, da ihm nur gute Resultate die Möglichkeit zur Arbeit boten. Und so wurde er ein Straßenarbeiter, Streetworker, ein Ord-
ner auf den abwegigen Roadmovies der Groß-
stadt. Er war nun ein Malocher, kein Künstler für
menschliche Probleme, der er hätte werden wollen. Dieses Zwangssystem stand im Gegensatz
zu seiner Rollenidentifikation, und das machte
aus ihm einen Getriebenen, der sich vorkam wie
eine Marionette. Bis er sich davon befreite,
brauchte er Jahre. Dann allerdings eroberte er
sich einen Gestaltungsraum, der es ihm ermöglichte, einen eigenen Sozialarbeiterstil zu leben.
Er machte nicht Sozialarbeit, sondern er war ein
Original davon. Das ließ ihn eine Rollenidentität
basteln, die keine Zuschreibung mehr war. Sie
war sein Alleinstellungsmerkmal.

Einmal hatte es Jonas mit einem Mann zu tun,
der einst ein reicher Unternehmer war und nun

auf der Straße lebte. Die Firmen hatten seine Zu-
lieferungen nicht bezahlt, und nach einem Streit
hat ihn seine Frau gebeten zu gehen. Nun führte
er ein Clochard Leben ohne zivile Annehmlichkeiten, am Rande des Stadtparks neben einer
Hütte. War sein Zustand eine Frage seiner
Schuld, die Firma falsch geführt zu haben? Oder
ging es eher darum, seine Fähigkeiten hervorzu-
kramen, um ihn in die diesseitige Welt zurück-
zuholen? Ging es um Alimentation oder um einen Plan fürs Leben, um Hoffnung gegen entwickelte Süchte? Jonas kam sich vor wie in einer
Tieraufzuchtstation für verlorene Geschöpfe.
Doch das war es nicht, was ihm wirklich begeg-
nete. Karl war Mitte 50, ein erfahrener Metall-
bauer, der ein Startup gründete und scheiterte. Er
beherrschte sein Handwerk, hatte Potenziale,
aber seinen Idealismus verloren. Der Auftrag war
also nicht nur, ihn in Bahnen zu lenken, sondern

es ging auch um psychologischen Ansporn, darum, gemeinsam Visionen zu entwickeln. Dabei war die größte Herausforderung, den Widerstand von Leuten zu akzeptieren, die gar nicht zurück wollten, weil sie den Lügen des normalen Lebens abgeschworen haben. Was geschah dadurch mit seinen Vorstellungen und Anstrengungen? Sie wurden entwertet, waren nutzlos, eine Kapitulation vor dem erst zwangsweisen, dann gewollten Aussortiertsein. Konnte man Menschen zu ihrem Glück zwingen? Das Überstülpen konventioneller Definitionen zeugte von mangelndem Respekt, und Verstehen des Klienten bedeutete doch auch, seine Sicht der Welt nachzuvollziehen. Oder ging es eher darum, Mainzelmännchen der Sozialsysteme zu mehren und nicht, das Weltgebäude der Gescheiterten zu begreifen? Die Verwaschenheit seiner Aufgabe machte aus ihr ein Mysterium, vor dem er oft ratlos stand. Denn die perfekte Einbildung vom Retter war dadurch hinfällig. Was zählte, war, ob man einer Spur folgte, die der Not Leidende legte.

Wie konnte er diesen Abwegigkeiten entkommen? Alles waren Kapriolen wie aus einem großen Labyrinth, George Orwells 1984. Es konnte doch nicht sein, dass man im 21. Jahrhundert immer noch Gleichschaltungsschablonen genügen sollte. Dass die Verwandlung des Menschen in Mathematik noch immer Konjunktur hatte? Oder waren diese Vorgaben zum Zwecke der Vergleichbarkeit vielleicht gerade ein Ausdruck fehlverstandenen modernen Qualitätsverständnisses? Den Wert von Menschlichkeit zu berechnen, war irgendwie absurd. Es passte nicht zu seinen Vorstellungen von dieser Aufgabe. Er verstand unter ihr Beziehung, die Erweckung neuen Lebensmuts, einen Plan entwerfen für nächste Wege, Träumen. Vorgefunden hat er Fäl-

le, Case-Management, ein Korsett für Problemlösungen. Jonas war desillusioniert. Er fühlte
sich wie ein begossener Pudel, der staunend mit
offenem Mund vor surrealen Theaterstücken
steht, vor dadaistischen Bildern, mit welchem
Verständnis die Gesellschaft Probleme löst: Ma-
thematisch. Aber Algorithmen und Axiome waren das Letzte, was er mit seinem Studienfach
assoziierte. Sie waren die Sprache der Logik, mit
der man soziale Phänomene nicht verstehen
kann. Warum jemand Drogen nimmt oder auf der
Straße lebt, ist nicht kausal erklärbar. Es ist eine
Gemengenlage der Irrationalität, Wahrnehmun-
gen, Gefühle, Erfahrungen, Schicksal. Keine
Dinge, die man berechnen könnte. Wie kommt
man darauf, die Valuta der Sozialarbeit in kalku-
lierbaren Modulen abbilden zu wollen, in Effizi-
enzkriterien, konventionellen Erfolgsmaßstäben,
Resozialisierungsaspekten? Wieder täte ein we-

nig Philosophie gut. Zum Beispiel Begriffsreflexion. Was bedeutet denn ein soziales Ghetto? Ist das nur als abweichendes Sozialkonstrukt zu sehen oder geht es auch darum, die dortige Lebenswelt zu erfassen? Er hatte mal von der teilnehmenden Beobachtung gelesen, man lebte eine Weile in dem Milieu oder unter dem Volk, das man verstehen wollte, um dann adäquat handeln zu können. Man könnte auch sagen: Mittendrin statt nur dabei, oder statt als Zuschauer gute Ratschläge zu geben. Doch diese Methode fand man nur in der journalistischen Arbeit. In seinem Metier kamen ihm die Gemüter schlichter vor: Zuordner statt Problemlöser, Voyeure der Armut, wie die Tierbeschau im Zookäfig. Das war doch keine professionelle Attitüde.

Lange dachte er in einem Straßencafé darüber nach, was ihm wirklich wichtig war. Vielleicht steckte die Erfüllung in den freundschaftlichen

Beziehungen, in der Liebe. Vielleicht war die Arbeit um fünf zu Ende und musste akzeptieren, dass man die Welt nicht retten und die Systeme nicht retten konnte. Wäre denn die Geborgenheit einer Partnerschaft seine Erfüllung? Eine Brandung, kein Tanz auf dem Vulkan? Er lernte Katharina kennen im Seminar über Statistik. Sie hatte ein wunderbares Lächeln, das ihre Schüchternheit erotisch wirken ließ. Ihre geheimnisvollen Blicke verzauberten ihn, und er bestaunte ihre gepflegte Erscheinung. Sie hatte ein Antlitz voller Anmutung, und in ihrem Teint spiegelte sich die Erfahrung der Liebe. Seine Schwärmerei war geprägt von ästhetischer Bewunderung, es war ihr Haar, ihre Stimme, ihre Bewegungen, die ihn betörten. Seine inneren Bilder verwandelten Katharina in eine Märchenfigur. Der Zauber ihrer Verwünschung war nur am Rande sexueller Natur, er bewunderte vielmehr das Gesamtkunstwerk des begehrten Wesens, die Magie, das Flair, der Dunst ihrer Ausstrahlung. Katharina absolvierte ihr Praktikum in einem Heim für schwer erziehbare Jugendliche. Sie hatte eine unendliche Geduld für die scheinbar aussichtlosen Geschichten der Verlorenen entwickelt. Ihre empathischen Zuhörerqualitäten und ihr überlegtes, klares Vorgehen waren eine Sprache sich anbahnender Professionalität. Sie wollte die Welt ihrer Schützlinge verstehen, und ihre Prozeduren waren keine Bausteine aus einem Regal, sondern maßgeschneiderte Spielpläne, kunstartige Konzepte, Wege ins Leben. Sie war für viele eine Fee, die Lichtgestalt in ihrer ermüdenden Selbstzerstörung. Sie hatte gewissermaßen eine Nase für die Möglichkeiten und roch die Richtungen ins Licht. Kein einziges Geschöpf war für sie eine verlorene Seele. Diese Haltung von Menschenwürde imponierte Jonas, der darin das sah, was er selber im Studium vermisste. Sie trafen sich hin und wieder in einem kleinen Café und sinnierten über die Sphären ihrer sozialpädagogischen Posituren. Sie lachten und rauchten, sie philosophierten über das Leben, und sie erstellten Partituren des Glücks. Dann schmiedeten sie einen Plan. In einem alten Eisenbahnwagen am Stadtrand erschufen sie einen Ort des Friedens. Wer das Bedürfnis hatte seine Sorgen mitzuteilen, kam zu ihnen auf einen Tee. Es war keine Psychotherapie light, die sie dort anboten, sondern Vertrauen und Kümmern. Ob die Flucht von zuhause oder der soziale Abstieg, ob Drogensucht oder der Verlust geliebter Menschen jemanden aus der Bahn geworfen hatte – hier fand er ernsthaftes Interesse an seinem Problem ohne den Zwang einer ärztlichen oder psychologischen Geschäftsbeziehung. Der Einstieg in einen Eisenbahnwagen war symbolischer Natur, es war

der Anfang ihrer Reise in eine zufriedene, indi-
viduelle Zukunft, ohne Zwänge, Vorwürfe, Re-
sozialisierungsprogramme oder andere Verbie-
gungsversuche. Bezahlt wurde das Projekt von
Stiftungen. Jonas war ein Künstler, der Utopien
Realität werden ließ, er träumte von einem Wie-
deraufstehen all der Gefallenen, sie wurden
Knetmasse seiner fiktionalen Ideologien. Man-
che brauchten aber keinen Sternenhimmel, sondern ein Obdach für die nächsten Tage, wo sie in
Ruhe darüber nachdenken konnten, welche Farbe
ihre Zukunft haben sollte. Denn viele waren keine Opfer ihrer Situationen, sondern bewusste
Aussteiger, die mit einem bürgerlichen Leben
abgeschlossen hatten. Was waren da die Alternativen, die das Leben noch als Entdeckungen be-
reit hielt? Sie suchten weder nach biografischer
Kohärenz noch strebten sie nach Dingen, die die
normale Welt als Erfolg verbuchte. Dies führte

auch bei Jonas zu Ratlosigkeit, weil die Wertmaßstäbe, denen ihr Projekt folge, nur Kehrseiten der herkömmlichen Sozialpädagogik waren, eine Definition, die aus Makeln entsprang. Dieser Stolperstein fiel ihm nun auf die Füße, denn was war denn das Ziel, wenn jemand nicht zurück oder auf Start wollte? Dass man die Umstände seiner dilemmatischen Tragikomödien zerredete? Dass man das Theaterstück umschrieb? Dass man eine Goldplane über den Müllhaufen legte? Dass man so tat, als sei dieses Dasein Resultat einer bewussten Entscheidung? Gehörte zur Professionalität nicht auch, jemandem die Augen zu öffnen oder ihm den Kopf umzudrehen, dass es knirscht? Jemanden zu seinem Glück zu zwingen? Wäre er dann nicht wieder einer dieser Technokraten, zu denen er ein kreatives Antiprojekt starten wollte? War dieser Vorsatz gar nicht durchführbar? War er vielleicht ein verantwortungsloser Phantast? Menschen brauchten Arbeit, ein Einkommen, und ein Zuhause. So war das nun einmal. So war das Protokoll dieser Gesellschaft, ihr Verhaltenskodex.

Jonas hatte jeden Abend Sex mit Katharina. Das war die Erfüllung neben den Ernüchterungen, das Leben neben dem todesgleichen Dahinvegetieren vieler Klienten, das Antitoxische seiner morosen Beschäftigungen. Wäre das Projekt ein dadaistisches Bild, das die Absurdität der normalen Sozialarbeit zeigt, dann könnte man das Scheitern auf den überbordenden Idealismus schieben, ein Eisenbahnwagen, darüber reden - wie eine Weltraumstation im alltäglichen Ghetto. Das war doch surreale Romantik, eine Verklärung der Realität. Ein bisschen fühlte er sich wie ein Marsmensch, der den Erdbewohnern Astronautenfraß anbot. Fortan arbeitete er mit Katharina zusammen in einem Heim für mittellose Jugendliche, deren Eltern sich aus der Verantwortung stahlen. Seine Ausflüge in Traumbilder, seine unwirklichen Luftschlösser waren ein ständiger Wegbegleiter. Allmählich wirkten sie wie bizarre, wie biographische Fettnäpfchen, obgleich man sie auch als Fehltritte, als Erfahrungen von Lebensphasen verbuchen konnte. War er ein Verlaufener? Ein verwirrter Phantast? Ein Lebensflüchtling in seinem gedanklichen Turm? Die Bibliothek seiner Erfahrungen dürstete nach Erfolgsgeschichten. Nach Schritten, die nicht nur einen Krieg gegen das System, gegen die erdrückende Lehre der Konvention darstellten. Aber in Wahrheit führte er ungewollt Krieg gegen seine Freiheit, obwohl die immer auf seinen Fahnen wehte. Doch als Niederlage bilanzierte er die kuriosen Exkursionen nicht. Er empfand sich eher als Pionier, der zu neuen Einsichten gelangte, statt einer leeren Moral des immer Gleichen zu folgen. Deswegen war sein Lebensweg keine Schlaglochpiste, die ihn aus dem Träumen wach rüttelte. Er war doch nur Waldwege und Landstraße gefahren statt Autobahn und bekam ungeahnte Eindrücke.

Katharina und Jonas gründeten eine Familie und bezogen ein Reihenhaus. Jetzt saß er in dem Aquarium mit großem Wohnzimmerfenster und trank Bier bei der Fußballübertragung. Seine mentale Rebellion, sein Suchen nach Auswegen und seine Abscheu gegenüber bürgerlicher Trägheit verkümmerten in einer Persiflage seiner Meilensteine. Die weiche Eckcouch bettete diesen Verrat komfortabel und war ein bequemes Landschaftsbild des Hafens, in den er eingelaufen war. Eingelaufen war er natürlich, in seinen Idealen, seinen Utopien, seiner Abenteuersucht. Als wenn ein Zauberer die moralische Überlegenheit seiner Alternativen geschrumpft hätte.

Jetzt war er ein gewöhnlicher Spießer, der einen Kombi in der Doppelgarage hatte und in der Dekadenz des kleinbürgerlichen Feierabendbiers versank. Was ist mit ihm passiert? Wie geschah die Verwandlung des jungen Kriegsherren in einen fetten Hamster, der nur noch essen wollte? Der Traum vom Glück im eigenen Reich mit einer Familie, die er liebte, war schnell in einem praktischen Automatismus vertrocknet. Jetzt war an die Stelle seines Idealismus die Sicherheit des Gewöhnlichen getreten. Aber trotzdem war Jonas zufrieden. Es beruhigte ihn seltsamerweise, dass alles geregelt war. Von der Lust auf kreative Problemlösungen war nichts übrig geblieben. Behaglichkeit löschte das Feuer, das in ihm brannte. Welche seiner Lebensweisen die richtige und welche die falsche war, das war ein undurchschaubares Mysterium geworden. Abenteuer oder Eigentum? Kartenhäuser oder Häfen?

Aufgaben oder Pflichten? Was machte den Sinn im Leben aus? Ihm war das Gespür für die Töne der Lebendigkeit abhanden gekommen, Abstumpfung war sein Lebensgefühl.

Jonas war kein Traumtänzer. Er hatte den Blick von den Wolken nach unten nicht verlernt. Das Geerdete an ihm war der Unterbau seiner Utopien. Einmal hat Jonas vergessen, dass er durch seine Muskel-Eskapaden ein wenig proletenmäßig rüberkam. Er dachte, er wäre seriös und etabliert. Kein Junge mit seinem Piano, eher der dunkel gekleidete junge Sartre, der außen okkulte, geheimnisumwitterte, erfolgreiche Typ, in dem sich innen ungeahnte Abgründe auftaten. In Wirklichkeit war er nur Jonas, der Träumer, der Sozialarbeiter war, ein fall guy, ein gewöhnlicher Spinner, wie hunderttausend Jungs, die vor lauter Langeweile TikTok für ihren Lebensinhalt hielten oder ihre Freundin „Baby" nannten. Nein, eine solche Peinlichkeit haftete ihm wahrlich nicht an. Er hatte Visionen, Kopfgeburten, Trugbilder, aber ein lebendes Klischee war er genauso wenig wie ein Plagiat. Seine originellen Alleinstellungsaktionen waren eine Schule des Lebens. Das Leben selbst war der Lehrer, und wenn er eine Erkenntnis über sein Reihenhausdasein gewann, dann blickte er fassungslos auf das Klischee, das er lebte und das ihn zur Ohnmacht verdammte. Er hat sich eingerichtet im Klischee, in der Fassade des Fortes Fortuna Adiuvat. Jahrzehnte Reihenhausromanze waren ein obskurer Abklatsch von Dinner for One, denn tatsächlich tat man ja nur so, als ob man liebte oder lebte. Eigentlich war man lebendig begraben und gab Anweisungen von unten für die Anordnung der Blumen, die daran erinnerten, was Phalanx mit dem Teufel bedeutete. Was für ein behäbiges, ausdrucksloses Dasein. Als seine Tochter erwachsen war, hatte er genug davon. Er wurde Gesellschafter einer Bar und hatte von da an ein echtes Sozialarbeiterdasein. Das Vagabundengefühl inklusive. Menschen aus dem Milieu hatten irgendwie immer Ärger oder Kummer. Es war eine außergewöhnliche Art der Hilfe, zuhören zwischen Bier und Korn und sich Stammtischparolen entgegenwerfen über „die da oben". Aber es war harte Arbeit am Seelenfrieden, der irgendwo zwischen dem dritten und achten Pils aufploppte und einen Schleier der beruhigenden Unwirklichkeit über die Anwesenden legte. Die Bar hieß „Unfortunately unknown". Hier trafen sich die Schattengewächse der Wohnsiedlungswelt, gezeichnet vom Leben und erschöpft vom Alltag. Jonas war ihr Zuhörer, ihr Versteher, ihr Seelenblicker. Er war immer interessiert an den Entzweiungen der Gestalten von ihrem Lebensmut, an der Abkehr von irgendwelchen Zielen ihrer desaströsen Vita. Er wollte ihnen einen Moment Halt bieten in ihrem Erdrutsch, wie ein stilles Piano im Einkaufszentrum, an dem verkannte Genies Momente der Virtuosität herbeizauberten. Wie die Töne sich fügten zu einem Rhythmus, zu einer Melodie, das war wie ein Paralleluniversum, ein lebendiger Tanz, der das trostlose Dasein in bunten Farben malt. Bei Jonas in der Bar waren sie Hauptfiguren und keine Schatten der geordneten Welt. Er hatte seine Berufung gefunden. Er war der Junge am Piano, aber auf eine andere Weise. Er brachte die Melodie zum Leuchten, ein Komponist der Lichtblicke und zugleich der Müllhaufen, auf dem die bemitleidenswerten Kreaturen ihre gescheiterten Persönlichkeiten entsorgten. Das war wahrlich eine Bandbreite, die Belobigung verdiente. Jonas hielt die Gestalten der Blockhäuser über Wasser und das Leben des Einflussbereichs am Laufen.

Seine Zauberformel war kein Hexenwerk, er schuf im Gespräch Perspektiven, sozusagen als Beigabe von Bier und Korn. Er war ein Magier der Hoffnung mitten auf dem Müllplatz. Sein Rhythmus war ein Rap der Stärke, voller Idealismus und Tatendrang. Er traf sich natürlich auch außerhalb der Kneipe mit den Leuten und arbeitete konkrete Pläne aus, er ließ niemandem im Stich. Wie viele Echsen das Fliegen lernten, weil ihr Kopf ihnen Flugqualitäten einhauchte, war ein Wunder seines Pianospiels. Es beflügelte die Sinne und ließ den Kopf halluzinieren. Es war besser und intensiver als die Drogen, die viele über den Alltag retteten. In seiner Kneipe lernten sich aber auch Leute aus verschiedenen Lebenskreisen kennen. Viele Akademiker mit Kanzlei, Praxis oder Kleinbetrieb wollten Menschen beschäftigen, die das Leben gestählt hat, die durch die härtesten Prüfungen gingen. Nicht weil sie Dankbarkeit erwarteten, sondern weil diese Menschen ehrlich waren, und gewissenhaft. Sie ließen sich nicht blenden von den Vorhängen des Geldes oder der Rollen. Sie hatten Werte einer Lebensphilosophie verinnerlicht, die ein Anker ihres Tuns wurde. Sie waren keine Söldner, die ihren Auftrag erledigten, sondern Kämpfer einer ehrbaren Agenda. Wenn sie überzeugt waren von ihren Aufgaben, gingen sie mit einem durch Dick und Dünn. Es waren nicht Mitarbeiter, sondern Freunde. Jonas war sehr stolz darauf, dass er die Enden der Gesellschaft zusammen führte, und dass seine Bar dafür der Knoten war. Er brauchte kein Case Management, keine Projektgelder oder anderen Schnickschnack, sondern eine gute Melodie, die zum Träumen einlud. Einmal hatte Matthias, ein Anwalt, Janusz eingestellt. Der hatte aufgrund seiner Lebenserfahrungen die genialsten Ideen für

Prozessstrategien, und Matthias konnte viele Mandanten akquirieren. Beide profitierten vom Erfolg, und Janusz wurde ein motivierter Mitarbeiter mit stetig steigendem Gehalt und Ansehen. Seine Drogenkarriere und sein Hang zum Alkohol waren verflogen, und er hatte Werte, denen er folgte, ohne an bürgerlichen Klischees wie Besitz oder Status zu kleben. Das war ihm egal, deswegen war er ja so wertvoll für Mattias. Solche Geschichten waren das Destillat des Zaubertranks seiner Bar. Jonas machte Leute miteinander bekannt, die sich im wirklichen Leben niemals begegnet wären. Das war seine Sozialarbeit. Er verstärkte das Schicksal. Liberalität war dabei der Tenor seines Vorgehens, denn ein Matthias hätte niemals einen Janusz verpflichtet, da er in diesem kein Potential vermutete. Aber in Jonas Bar wurde das Unmögliche arrangiert. Alle Rollen und alle Schubladen wurden Lügen gestraft, er schuf einen Ort ohne Vorurteile und Vorverurteilungen. Das Ungewöhnliche sprach sich herum, und eigentlich war die Bar eine institutionslose Kontaktbörse, ohne zu einem Arbeitsstrich zu verfallen. Endlich einmal funktionierte eine Vision, sein Sozialprojekt, sein Herzblut. Es war kein Projekt, sondern er lebte die Idee.

Wenn er nachts müde und abgekämpft auf seinem Sofa eine Zigarette rauchte, war er glücklich. Er fühlte sich wie in einem intensiven Rausch, der in unerträglicher Leere endete. Jonas war ein Tagträumer, und er hatte endlich seine innere Mitte gefunden. Die Bar war wie die Höhle eines Eisbären, der nach dem Glück gegraben hatte. Viel Geld brachte sie nicht ein. Sie war ein Ausdruck seines Idealismus, ein Bollwerk gegen die Unwegbarkeiten des Alltags. Lange gingen seine Gedanken so im Kopf hin und her, da blitzte am Horizont ein Sternenmeer auf. Es stellte eine eigene Welt dar, voller Magie und Wahrsagung. Die Ebene seiner Bar war eine hinter der Realität, eine unsichtbare, aber wahrhaftige. Es ging um das Wohlbehagen und den Gleichklang der Benachteiligten. Am Ende der Sozialskala begann das ehrliche Leben, mit Jonas, dem Träumer.

Seine Tochter, die er sehr liebte, schlug einen anderen Weg ein. Sie studierte in München internationales Business Management und zeigte ihm ihre Abkehr vom Schmuddel-Ambiente mit deutlichem Ekel. Sie war immer gut gekleidet und zielte auf eine Karriere und ein üppiges Auskommen. Manchmal hatte er das Gefühl, sie musste sich doch in der Richtung geirrt haben, Sinn zu suchen in seelenloser Materie. Hatte er sie nicht Humanismus gelehrt? War seine Erziehung nicht wertgeleitet? Lebte er seine Ideale nicht, anstatt nur darüber zu reden? Mit jungen

Menschen war es oft so, dass sie einer Schafs-
herde hinterher liefen, als wenn das Pendel des
Lebens auf die andere Seite des elterlichen
Wertbewusstseins ausschlug, nur um sich eman-
zipiert zu fühlen. Ihr Glück war ein Werbespot,
eine Fata Morgana, ein Traumfoto. Doch wer
hatte das Recht, moralisch darüber zu richten,
was richtige und verwerfliche Lebensentwürfe
waren? Das würde nicht zum liberalen Ethos
passen, das er selbst in der Bar verwirklichte.
Und insgeheim ertappte sich Jonas dabei, wie er
die Annehmlichkeiten des Lebens, das seine
Tochter führte, als seine eigene Möglichkeit
dachte. Denn niemand war davon befreit, dem
Geruch des Goldes zu folgen. Seine Tochter hatte sich vollkommen autark durchgebissen durch
die Herausforderungen des Studiums. Sie war
keines dieser Töchterchen, die alles geschenkt
bekamen, sondern sie verdiente ihr eigenes Geld

in einem Fitnessstudio. Sie erarbeitete sich ihren Lebensstil, und das nötigte Jonas Respekt ab. Ihr Bohèmien Dasein war eine schreckliche Image-Jagd, ein Artefakt der leeren Hülle, das artifizielle Bild von Leben. Aber sie füllte das Nichts mit Haltung, und das bewunderte er. Anders herum war das nicht so. Sie verachtete das unbändige Sozialgezappel ihres Vaters. Das war doch ein Herumwühlen im Misthaufen einer ohnehin tragischen Welt, spaßbefreit und verlogen. So standen sich Vater und Tochter wie Priester und Hure gegenüber und stritten sich, wer die größeren Wohltaten erbrachte. Eine solche Beziehung war eine Fratze der Liebe. Doch man konnte nur erahnen, welche geheimnisvollen Ebenen zwischen den beiden vorhanden waren. Jonas kämpfte auch im Familiären gegen das Establishment, gegen die Arroganz des Geldes, gegen die Eckpfeiler des sozialen Status. Aber klammheimlich bestaunte er die Verve, mit der seine Tochter ihr Narrativ verfolgte. Hin und wieder kam er sich vor, als führe er Schwarzweißkonfrontationen, Fehden, die ein Klischee des Sozialkampfes waren. Es war wie Mitspiel in einem Film, der nie aufhört, und dessen Drehbuch andere schrieben. Seine Machart zog jeden Beteiligten in seinen Plot. Das war, als wenn Jonas einer Propaganda verfallen war, aus der er nicht entkommen konnte. Schwarz und Weiß, sind das nicht immer Vereinfachungen, die die Welt so zurechtbiegen, wie man das verkraften kann, weil es einen in die gewünschte Rolle steckt?

Seine Tochter lebte ihr Leben, und er akzeptierte ihren gewählten Irrtum. In seinem eigenen Leben herrschte ruhige See. Wenn Jonas nicht in der Bar war, dann traf er sich mit seinem Debattierclub. Das war so exzentrisch wie die Salons der feinen Damen im früheren Paris oder Wittgensteins unvergessene Auftritte. Fünf Männer und Frauen saßen an einem runden Tisch und warfen sich Argumente zu: Zu literarischen Ergüssen, zu politischen Themen, zu der Frage vom richtigen Leben. Sie waren ganz versunken in ihrem Strudel von Gedanken und gerieten in einen Hype. Immer tiefergehend, immer abstrakter wurden ihre Einlassungen, und diese intensive Atmosphäre war Jonas Flucht aus den Niederungen der Nachtschattengewächse. Der Debattierclub war sein Elixier in einer grauen Realität, voller Phantasie und blumiger Geschichten. Es ging um Romane, die über verbotene Liebe erzählten oder um ethische Fragen wie der nach einer gerechten Gesellschaft. Die Diskutanten stellten Stoppschilder auf und rannten sie um, sie verteidigten ihre Erfahrungen und hinterfragten den Sinn gesellschaftlicher Regeln. Tief in den aufeinander prallenden Betrachtungsweisen schlummerten

Lebensphilosophien, die Jonas intensive Anre-
gungen für seine sozialen Aufgaben lieferten.
Zum Beispiel war die Frage der sozialen Gerech-
tigkeit ein durchdringendes Problemfeld. War
sie verwirklicht in der Bereitstellung gleicher
Chancen? Oder werden erst Mindeststandards an
Menschenwürde, die mit Geld abgesichert wurden, der Begriffsbedeutung gerecht? Ging es
stattdessen um die Würdigung von Leistung?
Komplexe Felder, die jeden Abend Fälle in der
Bar ummantelten. Es war ein ganz anderes Milieu als sein tristes Reihenhausdasein. Er hatte sen-
timentale Erinnerungen an die anfänglichen Ge-
spräche mit Katharina. Aber die Liebe zu seiner
Arbeit hatte diese philosophischen Verweisun-
gen, die ihm die wahnsinnigsten Ideen entlock-
ten, und im Debattierclub ging es genau um solche Ebenen. Wichtig war, es ging um Geschichten, um Erzählungen, die einem etwas sagten.

Erzählen war der Modus, aus dem alle Sphären sozialer Heuristiken erwuchsen. Keine methodischen Anleitungen, sondern Geschichten, denen eine Wahrheit innewohnte. Erzählungen waren der Gegensatz zu Techniken, sie transportierten Erfahrungen und Erkenntnisse über das Leben. Egal, wo Jonas war: Genau hinhören war ein Schlüssel erfolgreicher Arbeit, und das war etwas ganz anderes als Profitmachen oder Geldverdienen. Die Geschichten mit Geschichten lösen, das war der wahre Kern guter Sozialarbeit. Und es war ein erfüllter Traum. Sein Versuch, ein konventionelles Leben im Aquarium zu führen, kam ihm vor wie eine Lüge. Doch niemals würde er seinen Schützlingen vorwerfen, dass sie eine Lüge gelebt haben. Das war schädlich für eine reine Psyche.

Jonas war immer auf der Suche nach der Wahrhaftigkeit, dem, was das Leben zu einer sinnvol-

len Reise machte. Oft fand er mystische Episo-
den in den Erlebnissen seiner Klientel, solche mit
geheimnisvollen Begegnungen, die einen auf die
nackte Identität zurückwerfen konnten. Feen,
Teufel, Sphinxen, alle Märchenfiguren waren
Erscheinungen des Schicksals, das das Leben in
eine unvorhersagbare Odyssee verwandeln konnte, ein Hin- und Hergehen von Gefühlen, Erinnerungen, Plänen, Konstruktionen einer Biographie
und dem Identitätsideal, dessen Bild über allem
schwebte. Wie auf wellenreicher Seefahrt
schwankten die Bilder und änderten ihre Harmo-
nie. Er verstand seine Kunden als Reisende, die
mal Getriebene waren, mal der Kapitän. Sie
konnten die Farben ihrer Erfahrungen nicht zu
einem Gemälde zusammen führen, um den inneren Kern zu spüren. Und genau dabei half er ihnen. Das innere Ich – lag es in der Identitätsarbeit an sich oder in einem Gefühl der Kohärenz

ihrer Erlebnisse? An äußeren Maßstäben der Gesellschaft konnte es auch orientiert sein, wenngleich das Funktionieren an sich keinen biographischen Wert hatte. Wenn er den Tresenhockern half, die Tiefe ihres Wesens zu finden, dann war die Metamorphose von Verlierern in Bewohner ihres Seelenheils im Gange. Er war nur der Spieler, der den Ball in die richtige Richtung trat. Er zeigte den Verirrten einen Weg. Eigentlich hätte er mit dieser Fähigkeit auch Priester werden können, doch das war nicht dasselbe. Priester mahnten ja immer den einen, richtigen Weg an. Er aber pickte die Möglichkeiten aus dem Chaos, jedes Mal andere, jedes Mal aus neuer Phalanx. Eigentlich war das die Fähigkeit von Autisten, die fehlerhafte Zahl in dem Zahlensalat zu finden. Jonas war Pharisäer, Sherlock Holmes und Karatemeister von Okinawa in einem. Wie ein Reiseführer im Sternenlabyrinth, das auf die

Mülldeponie folgte. So hatte er seine Rolle gefunden, die seine Träume gefüllt hatte. Es war das erste Mal, dass sich seine Träume nicht als unerfüllbare Ideen entpuppten und Parallelwelt und Wirklichkeit verschmolzen. Wie wirklich die Wirklichkeit war, war nun beantwortet: Kneipe war realer als Eisenbahnwagen. Identitätsarbeit war gefühlvoller als Muskeln. Sinnsuche war essentieller als Reihenhaus. Jonas war angekommen in seiner Traumwelt, die keinen Platz hatte für falsche Träume.